KB116247

2017

계간 《좋은시조》가 선정한

좋은 단시조

2017

계간《좋은시조》가 선정한

좋은 단시조

윤금초 · 홍성란 외 지음

책만드는집

| 차례 |

* 일러두기__수록 순서는 가나다순입니다.

즐거운 열매

강경화

먹다 나온 피망씨를 재미 삼아 심었는데

어느 순간 꽃 피더니 주먹만 한 열매 몇 개

삶이란

뜻하지 않아도 열매 하나쯤 열리는 법

–《좋은시조》 봄호

명지산 얼러지

강병천

누구인가 산 너머 실려 온 바람 소리
명지산 일이삼봉 단숨에 올라보네
어늬 봉 바위섶 숨었나 무슨 짝에 떠난 님아

-《좋은시조》 봄호

우체국

강애심

그런 날, 구구절절
푸념을 늘어놓거나

아득한 삶의 구비마다
번져오는 그리움도 좋다

가슴이 뻥 뚫린 허전함
달랠 수만 있다면

—《한국동서문학》 가을호

노는 날

강영환

벚꽃잎 비 속으로 나비가 찾아든다

날개는 꽃을 딛고 허공을 흔들었다

가슴 안 마른 풀잎에서 소금기를 빼 갈까?

―《시와소금》 봄호

남행
-노고단 철쭉

강인순

늦봄 산행길에 웃는 듯 피었구나

본 듯 아니 본 듯 숱하게 스쳐 가도

외로움 익숙한 시간 그만하면 성자聖者

-《좋은시조》 가을호

봄날은 간다

강지원

물집 터진 여린 생각 너는 간다 봄바람아

고운 잇몸 드러내어 까무러진 해안선 너도

가거라

돌아보지 마라

가서는 오지 말거라

—《다층》 여름호

안면도 승언리

강현덕

소나기가 지났다
소나무가 조용하다
기다려
빼꾸기 운다
덩달아
꿩도 운다

꼬리를 세운 고양이
붉은 놀로
들어간다

-《시조21》 가을호

겨울 뻴기꽃

고정국

간절한 촛불 앞에선
바람도 숨소릴 낮춘다더라

이중 삼중 철책에 갇힌
민주주의 시련에도

정직한 믿음의 꽃들이
때가 되면
핀단다

—《시조갤러리》 12월호

백로

공영해

들끓던 매미 소리
석류가 다 퍼마셨나

물오른 여름이 가지를 당기고 있다

제제제 비비비 비비
전깃줄이
팽팽한

—《화중련》 상반기호

가벼워진다는 것은
-국립경주박물관 뼈피리

구애영

피리 뼈로 남는다는 건
내 두 손을 사려안고

혀끝의 아림까지도 성스럽게 지우는 일

파도의 역린을 향한
저 푸른 만파식적이여

-《스토리문학》 여름호

꽃, 입

권갑하

피어난다는 말로 가장하진 말아야지

너무 많은 말을 해 입 다물 수 없을 때

하나씩

바람에 흩날릴

내 아픔의 편린들

-《좋은시조》 봄호

쉰

권영오

속으로만 잠기던 물결이 출렁한다

깊어진 슬픔의 수심 높아진 눈물의 수위

몸보다 더 크고 너른 항아리가 남자에게 있다

-《좋은시조》 겨울호

주성동의 밤 1

권영희

수은등이 저 혼자
켜졌다간 꺼지고

기다림의 눈꺼풀
감았다 뜨는 사이

우주의 한 귀퉁이로
꽃잎처럼 밤도 핀다

–《시조21》 겨울호

오동꽃

김강호

오동나무
한 채 집에
홀로 슬픈
악사가 산다

밤이면
나무에 걸린
달빛을
뜯어 먹고

봄 나절
허리춤에서
보랏빛을
켜는 악사

—《시조미학》 봄호

청춘 열차

김경옥

저 기찻길 따라가면 스무 살이 될 것 같아
저 열차 타고 가면 그 사랑 다시 올 것 같아
좋겠네, 그러니 정말
청량리발 춘천행

-《문예비전》 겨울호

호수

김광순

그대와 마주 섰네, 무심코 지나다가

커다란 눈을 뜨고 어설피 속삭이며

제 얼굴 귀여겨듣는

작은 새의

먼 능선

-《좋은시조》 겨울호

이제부터

—시우에게

김남규

꽃보다 먼저 피고
3월보다 빠른 봄이

몸짓으로 노래하며
별 하나 잘라 먹고

안으면
한세상이 되는
가난한
자장가

—《열린시조》 여름호

퓨전시대

김덕남

화장하는 남학생의 머릿결이 찰랑하다

찢어진 청바지에 색깔 다른 선글라스

인생은 가볍디가볍다고

한 다리를 떨고 있다

-《서정과현실》 하반기호

바람의 무덤

김동인

한파에 발목 잡힌
고드름이 어는 사이

눈 쌓인 매화나무
기승을 부릴 동안

또다시
이주를 꿈꾼다
정착을
열망하며

―《화중련》 상반기호

겨울 수수밭

김문억

혁명은 실패하고 효수를 당했구나

목 없는 농군들이 죽창을 높이 들고

깃발을 휘날리면서 北으로만 가고 있다.

-《좋은시조》 여름호

손편지

김미정

오는 길 두근두근 마음 밟아 오시네
가는 길 사 사근 소리 밟아 가시네
곰곰이 쌓인 발자국 또박또박 쌓이네

—《개화》

웃음 다이어트

김민정

오관이 짜릿하게
팝콘처럼 뻥, 터지는

바쁜 걸음 멈춰놓고
가벼이 건너시라

군살은
다 빠진 웃음,
불순물 이제 없는!

-《시와문화》 여름호

수의壽衣 한 벌

김범렬

울 할머니 살아생전
갖고푼 것 무엇일까?

이것저것 따져보다
날아가는 새를 본다.

아뿔싸!
날개가 없네,
입고 갈 수의가 없네.

–《좋은시조》 겨울호

콤마,

김보람

생각에 잠긴 척
아무렇지 않은 척

끔찍하게 긴 고요가
숨구멍을 뚫는 중

화단에
쪼그려 앉아
빠져 죽기
충분했다

-《열린시학》 여름호

가을 의자

김복근

여태껏
걸었으니
여기 좀
앉아봐라,

내려오는 길, 가늘게 비가 내리는데
그립다 말도 못 하고 눈물은 고이는데

–《좋은시조》 겨울호

벌떼인력개발

김석이

꽃 위에 앉지 못한

일벌들 빙빙 돈다

일용직 제갈 씨는

오늘도 헛날갯짓

늘어선

무료급식 대열

맨 뒷줄에 엉거주춤

—《좋은시조》 가을호

사랑
−우포에서

김석인

바람과 물이 만나
수만 년 달려온 길

해 지면 꽃이 피고
꽃 지면 달이 뜨는

늪이다,

가장 낮은 곳에서 반짝이는

가시연

−《정형시학》 겨울호

반지

김석철

초심을 잊지 말자 날마다 새로워라
마디마다 새긴 자취 체온을 감싸 안고
돌돌돌 감아 돈 세월 아린 정이 어린다

-《좋은시조》 겨울호

숲길을 걷다
–2월 오동도

김선화

겨울에도
날이 서지 않는
둥근 바람 속

햇살 바삐 드나든
길을 따라 걷는다

동박새 찌이 쮸 꿀을 찾고
동백꽃 젖을 물리는

–《문학의오늘》 겨울호

겨울 묵화

김선희

눈 내리는 강의 하류
고요의 눈빛이 시리다

물오리들 삼삼오오
수면을 펼치더니

언 강에 물갈퀴 걸고
난을 치는 모습이다

—《개화》

시時 · 숫자 59

김성찬

팬 다는 게 등걸만 아닌 세월까지 팼나 보다.
썬 다는 게 파뿌리 아닌 빈 몸까지 썰었나 보다.

첫 밝기, 먼 어제를 쪼는 한 움큼 낯선 작은 새.

—《시조시학》 봄호

못釘

김세환

이장移葬하며 헤집어본 곱게 여민 가슴속
지난날 모질게 박은 대못 하나 찾지 못해
때늦은 가증스런 눈물 속
웃고 있는 산벚꽃.

—《시조21》 가을호

봄 길에서

김수자

춥다고 웅크리며 걸었던 이 길인데
제비꽃 민들레가 반갑다, 웃고 있네
말없이 꽃 피울 준비 꽃은 하고 있었구나.

–《여성시조》

정리해고

김숙희

오르고 또 오르면
못 오를 리 없건마는

벼룻길 빙판길에
한순간 삐끗한 발

결단코
하산이란다,
정상이 눈앞인데

–《좋은시조》 가을호

벚꽃나무

김승규

겨우내 앓아온
그리움의 속살이며

숨죽여 잠재운
오열의 그 떨림까지

이 봄날
발가벗고 선
오오 눈부신 여인

—《좋은시조》 여름호

곶감

김양희

깎이는
아픔에서

마르는
설움까지

문제 삼지 않으련다

분단장하고 앉아

다디단 추억만 남겨 너에게로 보낸다

-《화중련》 하반기호

시든 꽃

김연동

아흔넷 시린 생을
만장처럼
걸어놓은

병상을
돌아 나와
아린 눈물
삼킵니다

함부로
말할 수 없는
시든 꽃
우리 엄마

-《오늘의시조》

포정해우

김연희

매화 향기 지나가는
탱자나무 울타리에

가시 사이 비껴가며
미끄러지는
참새 떼

정수리,
후려치는 저 춤사위는
누가 가르쳐주었을까

—《시조시학》 겨울호

컬러링

김영란

'영원히!'
란
그런 말
난간에
기대선 말

봄 산
휘파람새
꽃노래
한창인데

쓸쓸한
바람의 화답
너는 가고
렛 잇 비 미

—《스토리문학》 여름호

부용꽃 어머니

김영순

아버지 기일 지나고

오랜만에 찾은 친정

민오름 말 울음소리 지지직 지지지직

집올레 안테나 높이

세우시는 어머니

—《좋은시조》 여름호

가시

김영애

목에 걸린 가시 하나 간신히 뽑아내니
나도 몰래 튀어나온 살았다는 외마디
혹여나 네 가슴 찌른 내 말 없나 두렵다.

-《좋은시조》 여름호

아기 미라

김영재

실크로드 박물관에 강보에 싸인 아기 미라

유리관에 누운 모습 요람인 듯 평온하다

엄마는 비단길 가셨나 혼자서 잠들었네

—《시조시학》 가을호

낙화

김영주

나, 지울 수 있을까 두려움 없이 순교하듯

단칼에 그렇게 툭! 목 떨굴 수 있을까

살아선 꽃 아니었더라 죽어서야 꽃이더라

—《시조21》 가을호

구두

김옥중

한평생 수레처럼 내 몸을 끌고 가다

발바닥 부르터도 신음 소리 다독이며

늘그막 이르러서야 종 문서를 태웠다.

—《좋은시조》 가을호

주하리 뚝향나무

김우연

육백 년
세월을 건너
넘실대는 파도를 보라

향기에
묻어나는
대를 이은 낭독 소리

불천위
아홉 어른들
짙은 향기 뿜는다.

—동인지 《맥》 36호

봉정암

김원각

거기 올라가는 신자들

쌀 두어 되 지고 간다

밤새 기도하면서

비우는 법문 들어서인지

하산길

쌀 보따리에

별 두어 되 들어 있다

-《한국동서문학》 봄호

참 소중한 당신 3

김월준

안 보면
보고 싶고
만나면 주고 싶은

내 마음
사로잡는
그대는 누구일까

보름달
품에 안기듯
환하게 웃는 얼굴!

―《화중련》 하반기호

붉은 억새

김윤숙

산록도로 양옆을 제 구역인 양 봉쇄한다

산사람 이외는 한 치 앞도 못 들어선다는

때맞춰, 턱 멈춘 자동차 검문하듯 저 붉은 의지

-《시와문화》 가을호

조명연합군 대마몽유록

김윤숭

조명이
연합하여
선명한
기치 걸고

왜란을
평정하고
내친김에
대마 잡고

십자가
높이 든 영웅
열도를
정복하다

–《화중련》 하반기호

나도

김윤철

쓰러져 식물인간이 된
아내의 손을 잡고

톡, 톡, 톡 사랑해라고
타전한 지 삼천백 일

마침내
아내에게서 회신이 왔다
톡, 톡

-《좋은시조》 여름호

가을

김일연

핏속에 부스럼이 한동안 가려워서

철쭉 꽃밭 속에서
꼴딱
죽고 싶더니

이제는
붉은 꽃 너머
구름을 보고 있구나

─《시와표현》 12월호

시냇물

김임순

폭포를 견뎌낸
시냇물의 저 맑은 얼굴

서늘한 소용돌이
눈물도 다 쏟아내고

비운 속
하늘을 담아
솔잎 하나 데려간다

–《시조시학》 봄호

을숙도 일몰

김정

철새 떼 일가족이
저녁상 차려낸다

갈대를 꺾어다가
수저 몇 벌 올려놓고

저녁놀
꽃자리 편다
숭늉처럼 따습다

–《부산시조》 하반기호

석남사에서

김정수

내 이모 인홍 스님 댓돌 위 흰 고무신
스물둘 속가 떠나 입문한 가지산 속
걸어둔 다 낡은 장삼 침묵 같은 저 고요

-《서정과현실》 상반기호

목백일홍

김정숙

일 년에 백 일쯤에
뜨거워도 괜찮아

지펴라
지펴라
여름날을
더 지펴라

묘역을 지키다 보면
행, 불행이
다 붉어

–《시조21》 가을호

안부

김정연

비웃듯 나를 보던

어제 핀
저 능소화

오늘은 알아챈 듯
주홍 치마 훌렁 걷네

낼 저녁
살랑 바람 불면
궁금하다
네 안부

-《화중련》 하반기호

보시布施

김정희

해금강
가서 보았다
기적 같은 천년송을

해풍에 휘둘리며
해무海霧로 살아가지만

갯바위
등을 내밀며
틈을 주는 그 보시를!

─《화중련》 상반기호

한여름 밤

김종훈

쉼 없이 달려오다 엔진을 끄자
기다렸다는 듯

여기서도 개굴개굴
저기서도 개굴개굴

천지간 개구리 울음소리

발 디딜 틈이 없다

—《시와문화》 봄호

가을날

김준

가을의 모습들이 여기저기 눈에 띄고

산에서 내린 바람 적막을 깨워놓고

쌓였던 나뭇잎들은 거리에서 멀어진다

—《시조시학》 가을호

묵계默契

김진길

석 달 만에 온 아들이
집 떠날 채비를 하자

처마 밑에 쭈그려 앉은
일흔 된 쭈그렁 노모

입김을 호호 불면서
구두를 닦고 있다

-《좋은시조》 봄호

부끄러운 손

김진수

닫혀진 지갑은 얼어붙은 천국이다

마음 없는 주머니만 더듬고 있는 동안

저만치 멀어져 가버린

구부정한 찬송가

-《시와문화》 봄호

사랑이 왔다

–이중섭의 팔레트

김진숙

아내가 뜨개질하듯 세상 밖에 내리는 눈

소가 된 사내를 따라 눈 오듯 사랑이 왔다

돌아온 중섭의 심장

다시 저리 뛰고 있다

–《화중련》 하반기호

봄소식

김차순

꽃가지 뭉텅 잘라
졸고 있는 창가에 앉혔다

구석진 베란다 관음죽도

툭
투 둑

뿌리째 날개를 펴고
혹한을 벗는 소리

—《좋은시조》 봄호

허상

김해성

기러기 떼 북향으로
떠난 지 오랜 풍경 속에

나와 너는 소식 몰라
꿈에서만 만난다

내 생각
어느 한쪽에서
사라지는 허상 된다

-《좋은시조》 봄호

어린 봄

김향진

삼십여 년 만에
길이란 길 다 끊겼네

영등할망도 오다가
아무런 기척이 없네

눈 위에
꿩 발자국만
무덤을 따라가네

—《시조시학》 가을호

오지의 날들

김혜원

뭉게구름 지나다 깃털 여럿 떨궜는지
하얀 감자꽃 피어나는 오지의 날들
새들이 울어댈수록 속절없이 깊어간다

-《좋은시조》 가을호

석점의 소리

김호길

어느 먼 전설의 고향
별초롱 아직 내걸고 있다.
죽음인 듯 고요 속을
빛살 한 가닥 물어 올리는
꼬끼요…
꿈속처럼 아련하게
첫닭 홰치는 소리.

–《시조미학》 봄호

소나무가 한마디

나순옥

늘 푸르다는 칭찬을
그냥 듣는 게 아니야

활엽수처럼 해마다
세대교체 쉽게 안 해

쥐걸음
제겨디디며
나이순으로 밀쳐내지

-《좋은시조》 봄호

한 번쯤, 한 번쯤은

노영임

목련꽃 그늘 아래
베르테르 편지를 읽지 않아도

발아래 돌부리
괜스레 툭 툭 차며

속마음 누그러뜨릴
혹할 일 좀 생겼으면

-《충북시조》

산책길 소묘

노중석

흙탕물 같은 하루
떠내려가는 강 언덕에

달맞이꽃 몇 송이
무슨 비밀 속삭이나

하늘엔
초승달이 나와서
귀 기울여 듣고 있네

-《시조시학》 가을호

지붕

류미야

하늘은 바닥을 내려놓은 이곳에서

다락같이 높고 푸른 제 키를 높여간다

마음의
바닥과 하늘도

그렇게 서로를 괴고 있다

—《시조시학》 여름호

늪 읽기 7
-부나비

리강룡

알겠느냐 꽃빛 유혹 짜릿한 그 쾌락의

죽어도 좋다던 집착의 끄트머리가

결국은 목숨 담보한 불속으로 가는 줄

-《한국동서문학》 겨울호

이월의 눈
—매화

문경선

기다리던 손 끝에
서성이던 바람 끝에

동박새 울음 끝에
홍조 띤 가지 끝에

빼꼼히
장지문 열고
봄이 사뿐 나온다

—《정형시학》 봄호

황혼에

문리보

꽃 붉어 슬픈 것을 그대 보고 알았네

파릇하던 그 사내 어디 갔나 보이지 않고

바스락 바스락거리는 꽃잎만 흩날리네

－《시와소금》 겨울호

통탄痛嘆

문무학

참 늦게 깨달았다
말과 글이 다른 것을

너무 늦게 깨달았다
시와 시조가 다른 것을

시조는
말로써 쓰고
시는
글로 쓴다는 걸.

-《좋은시조》 겨울호

첫차

문순자

동백꽃 한 송이 없는
이곳이 나는 싫다

떠나느냐 남느냐
밤새 뒤척이는 파도

서울역,
붙잡지 않아
첫차 그냥 보낸다

–《시와소금》 가을호

불탑佛塔

문주환

고물상 할머니가

성전을 끌고 온다

새 판지
스치로풀
자화상 천불탑을

새것을
고물로 쳐도
시가마저 불투명한.

-《정형시학》 봄호

흰 실뿌리가 내린 정물화

문희숙

투명한 유리잔에
바이올렛 꽂혔다

한 잔의 집이 있다
무수한 뿌리로 엮은,

미답의 황무지에도
마침내 길이 났다

-《시조시학》 가을호

오직 한 사람

민병도

세상의 모든 꽃이
내 것일 필요는 없다

세상 모든 사람이
다 내 편일 필요도 없다

눈 감고
서로를 보는
너 하나도 너무 많다

—《시조미학》 겨울호

귀뚜라미

박권숙

숨어서
우는 법을
잊고 산 나를 위해

귀로도
길 내는 법
잊고 산 너를 위해

오늘은
콘크리트 숲
틈새마다 달이 뜬다

-《가람시학》

千秋

박기섭

내게 봄이 다였다면
어인 꽃이 피리

하늘 소금밭에
천둥 번개가 오리

살과 피 다 삭은 千秋
눈먼 별이 뜨리

—《시조미학》 여름호

하지 감자

박명숙

감자를 캐는구나
미주알고주알 캐는구나

하짓날 긴 모가지
핏대를 뽑아 올리면

감자알
미주알고주알
사방으로 뒹구는구나

-《시조21》 가을호

그대에게 가는 먼 길
-저녁놀

박방희

수만 리 먼 하늘을

울며 오는 기러기 떼

그대 소식 기다려

공중에 귀 대는데

내 귀가

생리를 하는지,

하늘이 붉게 젖네.

-《좋은시조》 봄호

두부

박성민

으깨진 너를 본 건
오월의 광주였다

서늘한 칼끝의
감촉에 몸서리치던

두부는
잘리는 순간에도
칼날을 감싸 안는다

-《화중련》 상반기호

고향

박순영

고스란히 있으리니 기다려만 주겠거니
두고 온 고향 얘기 들춰보면 아련한데
그곳엔 그리움 이외 아무것도 없었다

—《좋은시조》 가을호

우리 모두가 죄인이다

박시교

컵라면 한 개를
먹는 데 걸리는 시간

그 몇 분이 모자라서
배곯고 떠난 젊음

어떻게
그 스크린도어에
시詩를 새길 것인가

—《시조시학》 가을호

병원에서

박영교

대학병원에 와서 보니
아무 표정 없는 사람들

휠체어 타고 다니는 사람들 얼굴에는

오늘도
하루를 보내는 힘이
무섭도록 무겁다.

-《정형시학》 겨울호

군불

박영숙

놓치고 싶지 않아
꼬리를 움켜쥐고

마지막 한 여름이
몸부림을 치고 있네

저녁놀
타는 하늘가
여름 군불 뜨겁다

－《여성시조》

초승달

박영식

요염한 밤하늘아
긴 손톱 좀 깎아라

며칠 새 안 본 사이
한 치나 자라났다

탐한 널
다가섰다간
생채기가 나겠다

—《좋은시조》 봄호

주상절리 돌국화

박옥위

곧추 피운
실패가
그대 혼을 뺏어도

파도 끓는 이 자리가 그대의
꽃자리다

아픔을
끌어안고 웃는

네 모습이
절창이다

―《시조21》 겨울호

첫 목련을 보다

박자방

파르르 몸돌기가 피리 소리로 일어났다

두둥둥둥 심장은 깊은 소리로 울었고

두 눈은

첫 등불 맞아

대낮보다 환해졌다

—《시조시학》 여름호

설맹雪盲

박종대

번쩍
따끔
아퍼 안 봬
뭐가 쏙 박혔어 눈에

곡두 같은
눈밭 햇살

괜찮을까
행운
행운

보일까
내가 보고 싶은 것

자넨 어인 손인데

-《정형시학》 겨울호

세탁기

박지현

휘휘,
휘파람 불좇으며
세탁기가 돌아간다

다 해진 당신 가슴팍
외줄 타듯
뛰어내리면

부끄럼
벗어던진다
살꽃들이 다퉈 핀다

―《좋은시조》 겨울호

가을 연가 6
–닿지 않는 노래

박진경

산에 산 물에 물
멀리 있는 그대여

솔잎마다 얹히는
새의 노래 소리 들리는가.

하늘에
포개어지는
내 노래도 들리는가.

–《화중련》 상반기호

팽이치기

박필상

회초리 들었다고
학대라 하지 말게

비틀비틀 쓰러질 때
일으켜 세워주며

정신줄
놓지 말라고
종아리를 쳤다네.

—《화중련》 하반기호

국밥

박현덕

다저녁 퇴근길에
국밥집 들어간다

괜스레
잘 보낸 하루
울음 같은
소주잔

국밥에 목넘김하며
또 일당을 털었다

—《시와소금》 봄호

엇박자

박희정

생뚱맞은 날씨처럼
어깃장만 또 놓았다

어긋나고 멀어질까
벌어지고 틈이 날까

나 홀로 그리운 거리
발치부터 설레는,

-《정형시학》 겨울호

증도 인상印象

배리라

소금의 시간만큼 견디며 흔들리며

어둠이 다가오면 그림자 한 점 없이

짭조롬 향기 날리며 말이 없는 자줏빛

-《부산시조》 하반기호

치자꽃

배종관

열네 살 보낸 편지
이제 답이 오나 보다

해 질 녘 비 오는 날
내 이름 불러와서

모두들
집 가는 시간
나는 집을 나섰다

-동인지 《참》 10집

재즈 같은 시

백이운

버리고 버려도 제 생각에 갇히고 마네

생각 없이 들으면 좋은 재즈 같은 시

언제쯤 써보려는가, 달이 하하 웃는다.

—《시와소금》 봄호

개구리 소리

백점례

울어라,
너희라고 슬픔이 없겠는가

칠흑의 앙금이
와글와글 씻기겠다

다 울어
노래를 얻는
지상의 개구리들아

-《좋은시조》 봄호

담양

변현상

누구와 누구누구

찾아오면
안 되겠다

또 누구와 누구누군

여기 오면
미안캤다

대나무

쪽 곧은 대나무

대나무

또 대나무

—《시조시학》 봄호

나그네

서관호

어제도 길 떠났네
하늘 한 장 받쳐 쓰고

오늘도 길 떠나네
바람 한 올 걸치고서

내일은 떠나지 못하면
산자락에 쉴라네.

-《부산시조》 하반기호

고문의 기원

서성희

인두로 머리카락 지지면 꽃이 필까
불을 붙인 심지마다 손가락 흔들었지
고데기 고대로만요 부드럽게 해줘요

-《나래시조》 여름호

동화처럼

서연정

구름왕국 저 하늘 쳐다보면 눈부시듯

초고층 그곳에서도 바닥을 내려다보면

까마득 아름다울 거야
그리움이 사는 곳

-《좋은시조》 가을호

립스틱

서일옥

누가 나의 가슴을 이리 깊게 두드리나

그 봄날 덧난 상처 시리게 돋아오면

창백한 그리움 위에 분홍색을 입히고 싶다

–《서정과현실》 하반기호

까치밥

서정자

삶은 거대한 것

그렇게 믿었다

떠날 것 보내야 할 것

경계를 지우느라

새들이

발인을 마치고

아침을

부를 때까지

—《서정과현실》 하반기호

슬픈 자화상自畵像

성선경

휙

휙

난을 치는데

아서라, 어디서 강아지풀 흔들거린다.

어쩌랴,

슬픈 자화상

이 또한 천품인 것을.

-《정형시학》 봄호

춘연春宴

성파

실버들 실실 풀어 가는 봄 메워볼까

무지개다리 놓아 오는 봄 맞이할까

태평곡太平曲 높이 띄워라 어화둥둥 벗님네야

—《부산시조》 하반기호

지우개

손무경

바람의 기차 타고 그리운 표를 사다

지워야 한다는 꿈 명쾌한 질주 앞에

산 삶의 모든 기억이 허공이 되었다

–《시조시학》 겨울호

비상

손영자

햇빛 함빡 묻힌 백로가 깃을 털자

해그림자 가뭇없이 호수에 떨어지네

숨죽인 하늘에서도
물결쳐 가는 얼룩 한 점.

–《시조시학》 봄호

옥천사

손영희

속세에 그냥 있으면 감옥 갈 일 있다 하더이다. 그래서 산에 들었소만
이 장삼이 또 감옥이라오

참 곱소

저 여인 좀 보시게

법문이 다

잡소리제

–《서정과현실》 상반기호

달의 배후

손증호

뒷모습 보여주는 그런 사람이 나는 좋다

넌지시 바라보다

고개를 끄덕이다

묵묵히 길 밝혀주는 그런 사람, 그 사람

-《정형시학》 봄호

저물녘 들어서다

송유나

노을을 그러안고
옷자락에 그림자 숨겨

머리에 인 청오이 몇 개
주름마저 훔쳐내는

가을 볕
삭아질 때까지
속 끓이는 울 엄니

―《나래시조》 봄호

아버지의 봄

송인영

뺏겨서 알몸이 된 식민지 그 밤처럼

넋 놓고 끌고 오신 불면의 연대를 안고

젓가락, 저 놋젓가락을

닦아내는

봄비여

-《좋은시조》 여름호

어머니 31

신웅순

바람은
그날
불빛을 가져갔고

봄비는
그날
그림자를 가져갔다

영원히
돌아오지 않는
울음도
가져갔을까

―《시조시학》 가을호

연안부두

신필영

섬들은
소재 불명
뱃길조차 사라졌다

대합실 전광판은
기약 없는
"안개대기"

봇짐만
웅크린 채로
떠밀리고
떠밀리는

-《시조21》 겨울호

삶

신후식

찔레꽃 그리움이
달빛도 수척해져

떠돌며 서성이며
구름으로
바람으로

달려온 칠십 리 길에
꽃잎 지듯 그렇게

-《나래시조》 가을호

꽃샘

심석정

반듯이 접어볼까
둥그렇게 돌돌 말까

보일 듯 엷은 분홍
살그머니
꺼낸 편지

저 바람
난독증 바람
그예 꽃잎 흩어놓네

—《시조시학》 봄호

붓

심성보

모진 맘 먹다가도
붓을 들면 물렁하고

청산에 찍어보면
돌도 녹지 않더냐

한 세월
부려먹고 나면
몽당붓이 아니더냐.

–《부산시조》 하반기호

매미와의 대화

안영희

와 그리 울어샀노 씨끄르바 죽것는데

경상도 사투리라

못 알아듣는갑다

아이구 뚝 그쳐버리네 우리 서로 통했다

–《부산시조》 하반기호

나비

양점숙

알큰한 손사래에 아무렇잖게 가는 건가
뜨거운 몸짓도 없이 하얗게 가는 건가
물올라 대책 없는 몸뚱이 그 신열로 파랗다

―《서정과현실》 하반기호

어떤 약속

오기환

눈 덮인 들판 위에
낙서하고 돌아왔다

며칠 뒤 눈이 녹고
검은 흙이 드러났다

그 글씨
눈 속에 녹아
파란 싹이 돋아났다.

-《부산시조》 하반기호

꿩꿩, 장서방

오승철

들녘도 아이들도 마취에서 풀린 4월
서귀포 고근산 너머 괭괭 우는 굿판같이
어느 집
가난한 뒤뜰
장독대나 흔든다

-《좋은시조》 여름호

합과 충

오승희

그만하자 이제 그만
우리에 합合하는 일

너와 나, 영혼 잃고 헛꽃으로 피느니

우리 밖
상처 견디며
충沖으로 병치되자

-《좋은시조》 가을호

똥고집

오영빈

주장이 논리 떠나면 고집으로 추락한다

그 고집 외골수면 똥고집이라 깔보느니

나라를

경작한다죠,

'소통'이 금비金肥입니다

—《정형시학》 겨울호

얼음새꽃

오영호

동면의 나무들은
영혼을 달래지만
너는
얼어붙은
땅의 껍질 깨고 나와
잘 빚은
황금의 잔에
불을 켜는
전령사

-《나래시조》 봄호

일심법
–心法 53

오종문

내 시詩가 공양하는 밥그릇에 별이 떴다

쌀독에 쌀이 있고

김칫독에 김치 있고

별의 집 밥상 위 내린 봄을 줍는 아이들

–《정형시학》 봄호

호박꽃

옥영숙

새벽닭이 울기 전에 감춰진 길이 있을까

살림 차린 가솔들을 서둘러 깨운다

저마다 서툰 뜀박질에 흔들리는 호롱불

-《시조미학》 여름호

월명리月明里

용창선

닳아진 그대 뼈와
내 울음이 닮았다

외로운 영혼에만
들어와 울린다는

월명사
피리 소리에
수선화가 피는 봄

–《나래시조》 가을호

첼로 소리에 젖는다

우아지

퍼질러
울고 있는
취업 못 한 비의 포스

길과 길
이력서가
빗발 되어 내리는 밤

드넓은
염전 같은 세상
눈물처럼 비가 온다

–《나래시조》 가을호

물그림자

우은숙

슬픔의 각을 떠
산그늘에 내다 걸고

핏빛 물든 하늘까지
물결 위에 방생하고는

비로소
세상 속으로
타박타박 걸어가는

-《창작21》 가을호

모래산을 찾아서

유영애

바닷물이 밀어 올려
한사코 밀어 올려

모래산이 되기까지
바람에 울기까지

맨발로
걸어 올라간
그런 봄날, 내겐 있다

-《좋은시조》 여름호

동안거

유자효

세상의 스님들은
눈길 따라 떠나가고

먼 길 걸어 지쳤으니
나 이제 내 속에 들리

무문관
서느런 이름
눈썹 끝에 매달고

-《시조미학》 여름호

전야前夜

유헌

초여름
논물 안에
온몸을
가둬두고

합창과 제창의
흐릿한 경계에서

개구리
밤새 우는 밤,
5월의
그날 같은

-《시조시학》 가을호

목욕탕에서

윤경희

저렇게 알몸으로도 웃을 수 있다니
우리 언제 저리 편한 적 있었던가

눈비음

다 내려놓은

낙원에서의 한때,

─《정형시학》 겨울호

봄, 뒷담화

윤금초

봄도 봄답지 않은 봄
때아닌 꽃멀미 난다.

우르르 우르르 왔다 우르르 떠나는 그 봄.

잉 잉 잉
꿀벌 군단이
사가독서賜暇讀書 차린갑다.

–《좋은시조》 여름호

각질

윤원영

오래 견뎠음을
돌보지 않았음을

부서져 흩어지는
아픔의 저 기억들

잡은 손 한번 놓으면
추억마저 덧없음을

–《부산시조》 하반기호

당신 누구?

윤은주

일흔넷 오라버니를 불식간에 찾아오신

파킨슨 씨 잠깐만요, 우리 집안 아십니까

문밖을 기웃거리다 염치없이 들어오신

―《화중련》 하반기호

민들레

윤정란

그때 모두가 부러워한 줄 몰랐네

새끼 올망졸망
마른 젖 물려놓고

모퉁이 등불을 들고
길이 되는 어머니

-동인지 《연대단시조》 15호

꽃멀미

이가은

하트 물고
날아든
제비 한 쌍 폰 이미지

꽃비가 바큇살에
체인처럼 감기는 날

덧포갠
우리 마음도
터트릴까
꽃 폭죽

–《화중련》 상반기호

죽순

이경옥

비 그친 왕대밭에
뽀얀 속살 동자승이

발끝서 머리끝까지
자주 고깔 뒤집어쓰고

큰스님 흉내를 내며
가부좌를 틀었다

–동인지 《맥》 36호

미생未生

이광

오전 열 시 체육공원
물구나무서는 청년

넘치는 힘
주체 못 해
세상을 번쩍 든다

허공을 더듬는 저 발

빈손 같다
쥘 것 찾는

–《정형시학》 가을호

가을 합평회
–M에게

이교상

아무리 그대 마음 붉도록 덧칠해도

한눈에 보지 못할 그 사랑은 거짓말

한 줄로 읽을 수 없는

그런 시도 거짓말

–《정형시학》 겨울호

폭포

이기라

평범하던 삶이 졸지에
내리 꼰두쳤다고

생이 모두 거기에서
끝난 것은 아니다

추슬러
정신을 차리면
다시 또 삶이다.

—《좋은시조》 여름호

땡처리

이나영

간절하게 휘갈겨 쓴
'급처분 미친 가격'

삼 할에 팔려 나간
기진맥진 저 봉다리

피 끓던
그때의 일도
이런 흥정이었나

-《좋은시조》 겨울호

가시연꽃

이남순

탁발걸음 예서 멈춘 시원의 나라에서

초록의 한 생애는 보시의 몸짓입니다

가슴을
스스로 뚫은
저 꽃잎의 불탑공양

–《시조21》 겨울호

노예

이달균

부정하고 또 부정해도 노예임을 인정한다

폰을 놓고 오거나 차를 멀리 두고 온 날

집 떠난 객지의 자식보다 이들이 먼저 궁금하다

–《좋은시조》 여름호

대낮

이동백

바람마저
숨이 겨워
풍경 속에
갇히다

불법을
닦다 말고
적멸에 든
불목하니

거미는
지구를 그러잡고
면벽수행
중이다

-《시조시학》 여름호

그때

이두의

친구와 소주 한잔 안주는 도토리묵

오고 가는 젓가락에 몇 번씩 미끄러져

빙그레, 마주 보았던 그런 날이 그립다

–《좋은시조》 겨울호

디스크

이명숙

내 몸에도 몇 개의 간이역은 남아 있다

어긋난 세월의 한쪽
반골의 뼈 한 조각

내 맘속
보내지 못한
그 사람
그 사람 같은

–《시조시학》 봄호

경악하는 이슬

이상범

방금 꽃잎을 밟고
벌레 한 쌍이 지나갔다
금세 나누던 사랑
수컷을 삼키고 있었다
이슬도 놀라는 형국
사마귀의 고얀 뒤풀이….

-《좋은시조》 겨울호

단풍 친구

이상야

양쪽 어깨 벅찬 가슴
서로 믿고 안아주며

어울리며 달래주고
마주 보는 밝은 얼굴

익는다.
가슴을 연다.
무지개 단풍들이.

-《좋은시조》 봄호

뙤창
–보름달

이서원

궁금한 건 못 참는 울 엄니 성미인가

검지에 침 발라 꾹 찔러 뚫어놓고

캄캄한 우주의 깊이를

외눈으로 훔쳐보는

–《울산시조》

하지夏至

이석구

수국의 꽃 그림자
비치는 바위 옆에

카메라를 응시하며
웃고 있는 당신 앞에

흰나비
앉았다 간다
빈자리가
파랗다

-《좋은시조》 봄호

독고독락獨苦獨落

–솔로 리포트 1

이소영

영등포 쪽방촌에 홀로 사는 노인들
막장 드라마 속 부대끼는 삶마저도
부럽다,
인생事 고독死라
돈 없苦 아프苦
외롭苦

–《좋은시조》 여름호

벚꽃, 카푸치노

이솔희

찬 바람 지난 자리
씁쓸함이 고이더니

살포시 내려앉는
부드러운 봄 햇살

부푸는 꽃송이, 송이
하늘 사푼 받든다

-《좋은시조》 여름호

만년필

이송희

할 말을 잃었는가

되돌아 나오는 길

백만 촛불 함성의

목소리를 품었는가

저만치

담장 너머의

붉게 뛰는

심장 소리

–《시조시학》 겨울호

원피스

이숙경

더러는 벗어두고
더러는 입어본다

꽉 낀 몸 틈바구니
쏠쏠했던 등 뒤에서

수시로
오르내리던
주가를 자백한다

―《정형시학》 가을호

먼 빛

이숙례

산그늘 속에 묻혀
점멸하는 먼 빛 하나

바람 불면 창 흔들며
아른아른 되살아나

저 사계四季
길목 어디쯤
가슴 뛰던 먼 등불

–《여성시조》

답청踏靑의 시간

이순권

길 잃은 발자국들

화인으로 찍혀 있다.

해거름 뉘엿대는

답청의 시린 발싸심

언젤까?

저 흙터 파릇이

상형문자 돋을 그날.

―《좋은시조》 겨울호

국수나무 꽃

이승은

한 양푼 펄펄 끓여 배부르게 드시라고

무연고 봉분 곁에 흐드러져 폈습니다

해마다 따라비오름 기웃대다 가시는 봄

-《다층》 봄호

맨발의 상처

이승현

먼 길을 가야 하는데 돌부리가 자꾸 솟는다

상처가 생길 때마다 옹이가 새겨지고

나무가 바람을 견디는 건 심지가 굳기 때문이다

—《나래시조》 가을호

무심無心

이양순

솔바람이 길을 여는

영축산을 오른다

뒤따라 그림자도

뒤질세라 함께 오른다

찬불가 평조 한 소절에

그림자도 나도 지워진다

─《좋은시조》 가을호

움, 트다

이옥진

은행나무 안에는 요정들이 살고 있다

온몸이 근질근질

참을 수가 없어서

봄이다!

환호성 지르며

주먹질이 한창이다

-《좋은시조》 여름호

11월

이우걸

불임으로 시들어버린 도시의 자궁을 향해, 사내들은 부질없이 큐피드를 던지고 있다.

철 지난 카렌다같이 떨어지는 낙엽들이여.

-《시와표현》 9월호

명경조탁明鏡彫琢

이원식

황매화 꽃 그림자
계곡으로 드리우자

속진俗塵의 물소리 속
차고도 따뜻한 남상濫觴

풍경風磬이 울릴 때마다
올챙이들
꼼지락

-《화중련》 상반기호

잠자리
–첫사랑

이은봉

마른 수숫대 위
살포시 앉아 있지만,

가만가만
다가서면

차르르
날아가는

잠자리, 고추잠자리
서러워라 가을빛!

–《좋은시조》 봄호

벗은 나무 5

이일향

가진 것 다 내려놓고
무슨 짐을 또 지겠나

저 산 저 강물이
걸쳐 입는 한 벌 옷

걸어온
길이 없으니
돌아갈 길 없어라

-《좋은시조》 가을호

해운대의 봄

이정환

수선화
향기로
몰려오는
파도 소리

꽃은 어디에도 보이지를 않는데,

모래톱
자근자근 밟는
봄의
희디흰 발목

—《정형시학》 겨울호

그것 참 희한하네

이종문

등이

가렵다 하여

마누라 등 긁다 보면

멀쩡턴 나의 등이 슬슬 간지러워와서

마누라 손을 빌리네

아 그것참

희한하네

–《좋은시조》 봄호

불면증

이중원

새빨간 사과에서 심장을 깎아내도
사과는 붉게 뛰는 심장이 될 수 없는데
더 이상 멈출 수 없는
외길의 조각칼

–《서정과현실》 하반기호

내가 사랑하는 여자
-대나무통밥

이지엽

붓 살 돈도 없는 아재
서울살이 참 팍팍하쥬
불여시 같은 여자 땜시
완존 쑥대밭 된 나라

뜨신 밥 어여 드시요잉

인사동에서 만난
전라도 여자

-동인지 《작은詩앗채송화》 16집

비

이태순

겹겹이 무거워라

혼절할 이 봄날이

겹겹이
포개 젖은

젖어 지는
저 꽃들

새파란
선홍빛 상사殤死

4월의 통증이어라

-《시조시학》 봄호

이별

이태정

계절처럼 겸손한 속도로 찾아왔으면
눈물보다 조금 적은 웃음도 있었으면
가만히 뒤돌아서서 잠시 머물러줬으면

-《좋은시조》 가을호

가을 감나무

이화우

고욤밖에 더는 안 될 자식을
바라보다

꺾어진
가지보다 더 아리게 바라보다

짙푸른 창공을 뚫는 선지 같은
기침 소리

-《좋은시조》 겨울호

마음 리모델링

임성구

이제, 낡은 것들은 들어내야 할 시간이다

반백 년 질질 끌고 돌아다닌 누추한 마음

해머로 한 대 맞고 싶다

새 옷을 입고 싶다

-《시와문화》 겨울호

숨은 귀
–산수유 열매를 보며

임영석

천불千佛인지 만불萬佛인지 얼굴은 안 보이고

귀에 다는 귀걸이만 주렁주렁 달려 있다

무엇이 저토록 많은 얼굴들을 품고 있다

–《시조미학》 겨울호

엉또폭포

임채성

핏빛 동백 뚝뚝 지면
가슴은 늘 타들었다

눈물이 없어
눈물이 없어
더 쏟아낼 눈물이 없어

겉마른 사월 계곡에
몰래 뱉는 속울음

–동인지 《21세기시조》 8집

쑥부쟁이

임태진

어릴 적
앞동산에
다소곳이 터 잡고

떼거지
그리움만
한 아름 간직한 채

가을이
지날 때까지
내 머리 위에 피던 꽃

-《나래시조》 가을호

하얀 풀꽃

장계원

흔드는 바람이야
어찌할 수가 없어

공들인 꽃잎 몇 장
고수레로 뿌려주면

걱정을 잠시 물리고
덧니로 웃는 들녘

-《시조21》 가을호

봉하마을

장영춘

세상은
가벼운 낙화
동백꽃 같은 것을

부질없다
부질없다
되뇌이며 가는 구름

절벽에
석화 한 송이
바보처럼 피었다

-《좋은시조》 겨울호

단지斷指

장지성

무서리 늦가을은

바람결도 어질머리

객혈하는 초목들을

햇살이 보듬으며

손 베어 공양供養하는가

혈기 도는 만산홍엽.

—《좋은시조》 겨울호

다리

전연욱

오작교의 전설뿐이랴
짧은 다리 긴 다리

거미는 허공에 집을 짓고 꿈을 매단다

그 사람 꼭 만나야 할
기나긴 구름다리

—《화중련》 하반기호

비 그리고 갬

전연희

한나절 비에 헹군

숲이 한결 명랑하다

오래된 나무들이

세례식을 하는 사이

벗겨진 몸피를 싸는

저 햇살의 맑은 손

―《개화》

풀꽃 한 송이

전일희

맨 처음 한 송이가 고개를 내밀었다

누구 없는 들판을 향해 향기를 내뿜었다

얼마 뒤 꽃들의 사랑 자욱하게 번졌다

—《코리아시조》

현수교

정경화

아슬히 걸린 기도
그 기도의 꼭짓점과

가늘게 늘인 노래
그 노래의 소실점이

1밀리 오차도 없이
팽팽하게 당긴다, 너

-《시조시학》 가을호

차茶향

정도영

연두색 실구름이
찻물을
감고 돈다

지천명을 여며 맨
냉엄한
옷고름자리

사르르 풀어 내린다
환한 걸음의
그대

-《좋은시조》 가을호

독백

정수자

네 거처는 고독이거니
위리안치 섬돌 같은

바람을 필사하라
이슬만이 길일지라도

허공도
긴긴 경영 끝에

먼지로
별을 빚거니

—《시조미학》 가을호

촉새

정온유

허끝에 놀아난 말들이 따라와

가슴 한끝 허기로 똬리 트는 저녁나절

하루가 길게 끌고 온 독 오른 연장들

―《한국동서문학》 여름호

귀촉도

정평림

저 앞산
자드락길
봄빛 먼저 물고 오네

꽉 찬 달 바투 떠서
혼절한 꽃 들깨울 때

귀촉도
행간 떠돌며
그 발자국 헤고 있네

-《시조시학》 여름호

무릉도원

정해송

도화 뜬 강 저편에

문명 없는 삶이 있어

너는 내 속에 있고

나는 네 속에 있어

너와 나

나누지 않고

한 뿌리로 사는 마을

–《좋은시조》 가을호

소품小品

정현숙

야생화 이름들을 곁에 앉아 불러본다

민들레 봄까치꽃 제비꽃 봄구슬붕이

뒷전의 소품이 아닌 이 땅을 피운 혈통

—《좋은시조》 여름호

지금

정현태

사랑하는 사람 곁에 가까이 있어주며
웃음과 미소로 따뜻한 말 한마디
즐겁고
행복한 삶이
지금 바로 여기에.

—《화중련》 상반기호

나절가웃

정혜숙

아이에서 어른으로 어른에서 노인으로
여기까지 오는 데 나절가웃 걸린 듯
한바탕 꿈을 꾸었나
된서리에 꽃이 붉다

-《화중련》 상반기호

죽순竹筍

정희경

가시 같은
말들이
마디마디
걸려 있다

거침없이
내지르던
'임금님 귀는
당나귀 귀'

연필심
뾰족하게 올려
받아 적는
표제 하나

-《좋은시조》 가을호

문밖에서 듣는 경

제만자

설법전을 기웃대다

그냥 돌아 나왔습니다

한 시절 밀려들던 회색빛 긴 겨울

민들레 햇살 굴리는

그 경에 얹고 왔습니다.

―《부산시조》 하반기호

벽

조동화

날랜
동물들이야
보는 족족
막아서도

배밀이
담쟁이에겐
지팡이가
되어준다

누운 몸
꼿꼿이 일으켜
큰 나무로
설 때까지

—《좋은시조》 겨울호

그리운 날이면

조명선

자꾸 치솟아 오르는 그것도 한동안이었다

제 몸이 갈라져도
꽂히는 햇살 받아

천천히 스미는 시간 함부로 들춰내던

-《시조21》 겨울호

봄, 빗방울

조미영

여린 가지 끝마다 꽃보다 먼저 와서

투명한 연둣빛 반짝이며 전해주는

짧아도

심오한 기별

내 마음은 벌써 봄

–《부산시조》 하반기호

향일암 동백 숲

조민희

햇살 벤
바람 소리
반음쯤은 내려놓고

재재거리는 윤슬
되받는 푸른 벼랑

돋을볕
사내 하품에
선잠 깬 듯 봄이 온다

-《좋은시조》 가을호

목숨

조안

장마철 골목길
뚜껑 열린 맨홀 옆에서
냠냠거리는 시궁쥐와
눈이 딱 마주쳤다

황급히
고개 돌린 건

너였을까

나였나

–《다층》 여름호

감꽃

조영일

아무리 밤이 길어도
잠이 모자랐다

그런 밤 지새고 나면 뜰에 감꽃이 졌다

하얗게 내려 아프게
발에 밟혀 들었다

—《좋은시조》 가을호

어느 날

조영자

충치 든 사랑니 하나 가차 없이 뽑혔다

매미들 통성기도 응답 없이 끝날 무렵

하늘은

내 사랑도 짐짓

그렇게 뽑아 갔다.

–《시조시학》 가을호

낯선 헤어짐

조윤주

커피 잔 감아 도는

나뭇잎 한 장에

정지된 세상은

절정으로 내닫고

내 젊음

덮치는 갈바람

삼켜버린 긴 오후

-《스토리문학》 봄호

본향本鄕으로

지성찬

봄은 꽃을 피워
자기 얼굴 보여주고

가을은 낙엽 위에
색色으로 이별을 쓰네

병상病床의 나의 친구여
전할 말이 없네그려

—《시조시학》 가을호

분홍 립스틱

지춘화

연분홍 저 눈길이 꽃처럼 화사하다
입술 따라 그려보면 자꾸만 묻어나서
온기로 녹이지 못한 그 사람이 겉돈다.

—《부산시조》 하반기호

와각지쟁蝸角之爭

최도선

전동차 노인석에 두 여자가 일 벌였다

민증 까 너부터 까 이X이 얻다 반말

진종일 머리채 잡히고도 순환열찬 달린다

-《좋은시조》 여름호

햇살론

최성아

손수레 시린 손에
장갑이 되고 싶다

육교 위 동전 통에
돈다발로 앉고 싶다

오가는 지친 얼굴에
따슨 햇살도 되고 싶다

-《좋은시조》 겨울호

파도여!

최숙영

끊임없이 밀려와서 치고 치고 또 치네
그 물매 온몸으로 맞고 또 맞는 것은

하늘이
거기 있음을
믿고 믿기 때문이지.

―《여성시조》

그림자를 눕혀놓고

최순향

햇빛을 등에 지고 길게 누운 내 그림자

몸만 그냥 누운 걸까 마음까지 누운 걸까

이 하루 고단한 넋이 들여다본 거푸집

-《시조미학》 여름호

관계

최양숙

아무것도 없는 것을 가득 담아 보내놓고

언저리만 왔다 갔다 울다 웃다 바라만 보다

너에게 갈 수 없는 밤이면 더 몰아치던 파도

–《시조시학》 가을호

노을의 변증법
-그리운 이에게

최연근

남김없이 타야 한다
눈물 재를 뿌리며

저문 태양 저버린
패륜의 저항인가

한 방울 피로 번지는
상처의 골
하늘 가득

-《시조시학》 가을호

새처럼

최우림

차라리 숲 속에서
새처럼 살고 싶다

포르르 날아보고
목청껏 우짖다가

때 되면
흔적 없이 감추는
푸른 숲 속 새처럼.

─《부산시조》 하반기호

그믐

최정연

캄캄한 우물 속

달아나는 달을 봐라

쾅쾅쾅 문 두드리며

누구 없어요?

누구 없어요?

오늘 밤 지독한 문장 하나가

맨발로 떨고 있다

-《정형시학》 여름호

거북이

최종진

만나자는 기약 없이
모래에 알을 묻고

등짝 위에 그려진 지도 따라
떠나가네

서늘한
이별의 공식
말이 없는 모성애

-《미당문학》 하반기호

버린다는 것

추창호

버리기엔 아깝고
갈무리하기엔 짐스런

계륵 같은 물건들을 말끔히 비워냈더니

어랍쇼,
생이 단출해졌다
세상이 밝아졌다

—《시조시학》 겨울호

밥상머리 이야기

하순희

먹다 만 것 같은 수박 속살을 보면

농부에 대한 예의가 아니라 하셨지

둥글게 맺히는 얼굴, 그리운 그 저녁

–《정형시학》 겨울호

청춘 자오선

한분순

오늘도
야금야금
나이를 주워 먹다가

건드려 쏟아버린
젊음의 짙은 한 컵,

다시금
머물게 하려
리필을 청하는 손.

-《시조시학》 가을호

복어 한 마리

한분옥

도마 위 얇게 뜨면 칼맛도 얇아지고

툼벙툼벙 잘라내면 또 그런 칼맛 있지

선부른 복어 한 마리 독성이 확 번지기 전,

-《서정과현실》 하반기호

쇠별꽃

한희정

감은 듯
작게 떠야 눈 맞춤이 또렷하지

다소곳 한마디를
엎드려야 듣는 것처럼

요 며칠
침묵한 딸아이
반짝 눈물이던걸

–《좋은시조》 봄호

우리 집 꽃밭은

허영자

사상이니 이념이니 이런 것도 모르면서

우리 집 꽃밭은 어찌 이리 찬란하고

저기 저 왕소나무는 어찌 저리 늠름할꼬

—《정형시학》 여름호

반달

현상언

사랑을 찬찬 보면
미움이 군데군데

만남을 곰곰 보면
이별이 왔다 갔다

빛나고 있는 반대편
어둠이 숨어 있으니

-《미당문학》 하반기호

제주 밭담

홍경희

둥글거나 각지거나
순응하며 살아왔다

어깨를 빌려주고 가슴을 쓸어주며

서로의 숨구멍 나눈,
토종 혈통
섬의 뼈들

-《제주시조》

천변 풍경 2

홍성란

넘어질 듯 넘어질 듯
중심 잡는 자전거도

욕심부리지 않겠다고 욕심을 또 내면서

로드킬
아랑곳없이 달팽이처럼 갑니다

-《개화》

늦가을

홍승표

인적 끊긴 오솔길
홀로 가던 나그네
흐르는 물을
베고 누워
시린 하늘을 바라본다.
길 늦은
철새 어깨 너머
살얼음이 깔린다.

–《시조시학》 봄호

안개

홍오선

생전에
올리고 싶던
소리공양 한 소절이

꺾이다가 치이다가
들숨 한 숨 몰아쉰다

물 번진
흑백사진같이
빛바랜
시간같이

—《정형시학》 봄호

2017 좋은 단시조

초판 1쇄 2017년 3월 2일
지은이 윤금초 · 홍성란 외
펴낸이 김영재
펴낸곳 책만드는집

주소 서울 마포구 양화로3길 99 4층 (04022)
전화 3142-1585 · 6
팩스 336-8908
전자우편 chaekjip@naver.com
출판등록 1994년 1월 13일 제10-927호

ISBN 978-89-7944-604-3 (03810)

지상의 마지막 약속 13
-히든카드

홍준경

자동차에 장착된

스페어타이어처럼

내가 아낀 신장 하나는

한 생명의 히든카드

그 사랑 심으러 간다,

아내 가슴 빗장 열고.

-《좋은시조》 가을호

하르르 하르르 매화 향

황다연

먹빛 침묵을 치는 바람이 많이 불었다

응답 없는 소식 냉정하다 했는데

하르르
하르르 매화 향
가슴을 흔들다 간다

-《화중련》 상반기호

어느 어두운 날의 잿빛 망설임 일지

황삼연

창밖은
어두워라
꼼짝도
않는 그림

안으로
잠겨 있어
새는
들지 못하고,

멍한 눈
한 생각으로
새까맣게
절인 날

—《시조시학》 가을호

낙서

황성진

H대학 화장실,
"왼쪽을 보라"고
적혀 있다

왼쪽을 보니,
"오른쪽을 보라"고
적혀 있고, 오른쪽을 보니,

취준생!
"뭘 그리 두리번거리나?"
라고 쓰여 있다

-《문학청춘》 겨울호

풍경

황영숙

뇌경색 경보를 받은
매화나무 집
할머니

금일 내로 돌아올 듯 버선발로 가셨는데

애꿎은 돋보기 하나
머위밭에
앉아 있네

–《좋은시조》 가을호